ティアラ✦クラブ

1

シャーロット姫《ひめ》と
ウェルカム・ダンスパーティ

ヴィヴィアン・フレンチ 著《ちょ》/サラ・ギブ 絵《え》/岡本《おかもと》 浜江《はまえ》 訳《やく》

朔北社

人物紹介《じんぶつしょうかい》

ティアラ・クラブ

1

シャーロット姫《ひめ》と
ウェルカム・ダンスパーティ

お姫《ひめ》さま学園《がくえん》

りっぱなお姫《ひめ》さまを育《そだ》てる

学園《がくえん》のモットー

りっぱなお姫《ひめ》さまは、つねに自分《じぶん》のことよりほかの人《ひと》のことを考《かんが》え、親切《しんせつ》で、思《おも》いやりがあり、誠実《せいじつ》でなくてはならない。

すべてのお姫《ひめ》さまに次《つぎ》のようなことを教《おし》えます。

たとえば・・・

❶ドラゴンに話《はな》しかける方法《ほうほう》

お姫《ひめ》さまたちには、次《つぎ》のステップに進《すす》むため、ティアラ点《てん》をあたえます。一学年《いちがくねん》で十分《じゅうぶん》なティアラ点《てん》をとったお姫《ひめ》さまたちは、ティアラ・クラブに入会《にゅうかい》することができ、銀《ぎん》のティアラがもらえます。

ティアラ・クラブのお姫《ひめ》さまたちは、次《つぎ》の年《とし》、りっぱなお姫《ひめ》さまたちのとくべつの住《す》まいである「銀《ぎん》の塔《とう》」にむかえられ、より高《たか》いレベルの教育《きょういく》を受《う》けることができます。

2 すてきなダンスドレスのデザインと作《つく》り方《かた》
3 王宮《おうきゅう》パーティ用《よう》の料理《りょうり》
4 まちがった魔法《まほう》を防《ふせ》ぐには
5 ねがいごとをし、それをかしこく使《つか》う方法《ほうほう》
6 空《そら》をとぶような階段《かいだん》の下《お》り方《かた》

クイーン・グロリアナ園長《えんちょう》はいつも園内《えんない》におられ、生徒《せいと》たちの世話《せわ》は妖精《ようせい》のフェアリー寮母《りょうぼ》がします。

客員講師《きゃくいんこうし》と、それぞれのご専門《せんもん》は・・・

- パーシヴァル王《おう》（ドラゴン）
- マチルダ皇太后《こうたいごう》（礼儀作法《れいぎさほう》）
- ヴィクトリア貴夫人《きふじん》（晩《ばん》さん会《かい》）
- ディリア大公爵夫人《だいこうしゃくふじん》（服《ふく》そう）

注意《ちゅうい》

お姫《ひめ》さまたちは少《すく》なくとも次《つぎ》のものをもって入園《にゅうえん》すること。

- ダンスパーティ用《よう》ドレス　二十着《にじゅっちゃく》
（スカートを広《ひろ》げる輪《わ》、ペチコートなども）
- ダンス・シューズ　五足《ごそく》
- ふだんの服《ふく》　十二着《じゅうにちゃく》
- ビロードのスリッパ　三足《さんぞく》
- 乗馬靴《じょうばぐつ》　二足《にそく》
- ロングドレス　七着《ななちゃく》
（ガーデン・パーティなど、とくべつな時《とき》に着《き》るもの）
- マント、マフ、ストール、手袋《てぶくろ》、そのほか必要《ひつよう》とされているアクセサリー
- ティアラ　十二《じゅうに》

Princess Charlotte

シャーロット姫《ひめ》

こんにちは！
あたしはシャーロット。
シャーロット姫《ひめ》よ。

お会《あ》いできてとってもとっても
とってもうれしいわ。
いっしょに「お姫《ひめ》さま
学園《がくえん》」に来《き》てくださるん
ですものね。

ここは王宮《おうきゅう》にある学園《がくえん》。とくべつのお姫《ひめ》さまのための、とくべつの学校《がっこう》。だからパーフェクタ姫《ひめ》とか、フロリーン姫《ひめ》みたいな、いじわるな子《こ》がどうして入《はい》れたのかふしぎだわ。でもあなたは？　あなたならぜったい、だいじょうぶ。お姫《ひめ》さま学園《がくえん》に大《だい》かんげいよ！

ちょっと考《かんが》えたんだけど、あなたは、いろんなことが、なにもかもうまくいかなくなっちゃうのって、経験《けいけん》したことある？
そうなの、あたしのお姫《ひめ》さま学園《がくえん》第一日目《だいいちにちめ》は
そんな日《ひ》だったの・・・

Princess Charlotte and the Birthday Ball by Vivian French
Illustrated by Sarah Gibb

First published by Orchard Books
First published in Great Britain in 2005

Japanese translation rights arranged with
Orchard Books, a division of the Watts Publishing Group Ltd, London
through Tuttle-Mori Agency, Inc., Tokyo

Capter One

第《だい》1章《しょう》

あたしは入《い》り口《ぐち》に立《た》って、見《み》つめちゃいました。学校《がっこう》の寮《りょう》を見《み》るのはこれがはじめて。目《め》をうたがいました。だってここはごくふつうのほそながいお部屋《へや》。かべはピンク色《いろ》だけれど、なんにもかざってない。六《むっ》つの戸《と》だなと、六《むっ》つのいすがあって、六台《ろくだい》のベッドが、きちんときれいにならんでいるだけ。あたしはそこで、はっと気《き》

づきました。ゾーッ！
ここでほかの五人《ごにん》のお姫《ひめ》さまたちといっしょにくらすんだわ！
おどろいて息《いき》が止《と》まりそう。せきをするふりをしたけれど、うまくいきません。
そのとき、あるものが目《め》にとまりました。口《くち》が開《あ》いてしまって、

しめることもできません。

　だって、どのベッドにも、あたしのいえにあるようなサテンのシーツはかかっていないんですもの！　白《しろ》いもめんのシーツよ。ぱりぱりにきれいだけれど、でもでも……もめんのシーツにねるお姫《ひめ》

さまなんて、いるかしら?

「ああ、いらっしゃい。荷物《にもつ》をほどいて、らくになさいな」

クイーン・グロリアナ園長《えんちょう》が、窓《まど》ぎわのベッドのほうへ手《て》をふって、ほーら、なにも足《た》りないものはないでしょうというようににっこりしました。

「あなたは、このバラのお部屋《へや》に一番《いちばん》につきましたね。ほかの姫《ひめ》たちもじきにくるでしょう。みんなかわいい女《おんな》の子《こ》たちだから、きっといいお友《とも》だちになれますよ!」

はじめて会《あ》った園長先生《えんちょうせんせい》は、そういうとまた手《て》をふって、出《で》ていきました。長《なが》いビロードのスカートを床《ゆか》にひきずって。

「ありがとうございます、園長先生《えんちょうせんせい》」あたしはできるだけていねいにあ

いさつしたけれど、心臓《しんぞう》はドキドキ。

あわてて窓《まど》にかけよって外《そと》を見《み》ました。ちょうどお父《とう》さまの金色《きんいろ》の馬車《ばしゃ》が、日《ひ》にあたってキラキラ光《ひか》りながら、道《みち》をまがって見《み》えなくなるところでした。

もしそのとき、だれか階段《かいだん》をあがってくる音《おと》が聞《き》こえなかったら、あたしは大声《おおごえ》でわあって泣《な》きだすところだったわ。だって、こんなところにきちゃったなんて！

あたしは、ここにくる前《まえ》にずーっと「りっぱなお姫《ひめ》さまを育《そだ》てるお姫《ひめ》さま学園《がくえん》」のパンフレットをよんでいました。それには、まがりくねった階段《かいだん》や、白鳥《はくちょう》がおよいでいる魔法《まほう》の湖《みずうみ》などの写真《しゃしん》が、いっぱいのっていました。なかでも目《め》をひかれたのは、年《ねん》に一度《いちど》の「お姫《ひめ》さま学園《がくえん》ウェルカム・ダンスパーティ」。それはそれはすごいの。想像《そうぞう》してみてね。さいこうに豪華《ごうか》なダンスホールは、夜《よる》の空《そら》のようにきれいな暗《くら》いブルーの天井《てんじょう》で、何百《なんびゃく》もの星《ほし》がまたたき、かぞえきれないほどおおぜいのお姫《ひめ》さまたちが、すばらしくかわいいドレスをきて、くるくるおどっています。それが、入学《にゅうがく》した年《とし》のさいしょの晩《ばん》にあるんですって！

あたしはこの「ウェルカム・ダンスパーティ」を、ずっと夢見《ゆめみ》ていたの。あたしがダンスフロアにはいって行《い》くと、みんなの目《め》がこちらにむくところまで想像《そうぞう》して。あたしのドレスはたっぷりしたペチコートつきの、やわらかいピンク色《いろ》、ティアラはまぶしくてみんなの目《め》がくらみそうなくらいキラキラ光《ひか》っているのにしよう。そうすれば、あたしの髪《かみ》が

カレンダー
お姫さま
学園

ちょっとネズミ色《いろ》なことも、鼻《はな》がそれほどいいかっこうでないことも、だれも気《き》がつかないでしょう。だって、その「お姫《ひめ》さま学園《がくえん》ウェルカム・ダンスパーティ」に出《で》れば、あたしだってきっとすばらしくきれいになれるはずだもの。

あたしはお父《とう》さまとお母《かあ》さまにおねがい、おねがいってさんざんたのんで、やっと学園《がくえん》にいれてもらえることになったの。そのあとまたお母《かあ》さまにたのんで、たのんで、あたしが心《こころ》にえがいているようなドレスを買《か》ってもらえることになりました。まったく同《おな》じってわけじゃないけれど、だいたい同《おな》じものを。そして学園《がくえん》にこられる日《ひ》を指《ゆび》おりかぞえてまっていたのに……

悲《かな》しいきもちで窓《まど》から外《そと》をのぞいていて、これは大《おお》きなまちがいだったかもしれないと思《おも》いました。クイーン・グロリアナ園長《えんちょう》はこわそうだし、学園《がくえん》は大《おお》きすぎる。寮《りょう》はさいていい。ほかの人《ひと》といっしょの部屋《へや》、それも会《あ》ったこともない五人《ごにん》もの子《こ》どもたちといっしょだなんて。

あたしは、もう逃《に》げだそうと決心《けっしん》しました。そしたら……

「こんにちは!」って声《こえ》が、入《い》り口《ぐち》から聞《き》こえたのでふりかえりました。そのとき目《め》をぱちぱちさせたから、はいってきた子《こ》には、あたしが泣《な》きだしそうだったことはわからなかったと思《おも》うわ。

Capter Two

第《だい》2章《しょう》

だれかとはじめて会《あ》ったとき、すぐ仲《なか》よしになれそうって思《おも》ったことない？

アリス姫《ひめ》を見《み》たときはそうでした。アリスはとってもきれいなピンクのほっぺたで、黒《くろ》い髪《かみ》が顔《かお》のまわりにふわふわうずまいていて、さいこうにかわいい笑顔《えがお》をしています。しかもニコニコしながら、ぴょんぴょん部屋《へや》にはいってきました。

「ちょっといやなお部屋《へや》じゃない？」

アリス姫《ひめ》は、たのしそうにいいました。

「あたしのお姉《ねえ》さまはきょねんここにはいったの。まるで刑務所《けいむしょ》みたいっていってたわ。でもこれはあたしたちにとっていいことなんですって。おうちにいるとき、どんなによかったか感謝《かんしゃ》するようになるから」

アリスはあたしのとなりのベッドに、もってきたスーツケースをぽんとおきました。

「ここにきめていい？　あたしだったら好《す》きじゃない人《ひと》がとなりにくるのは、いやだけど」

あたしは内心《ないしん》ちょっとうれしくなって、「もちろん、いいわ」と答《こた》えました。

アリスはにこっとしました。

「ほかの人《ひと》もいい子《こ》だといいわね。あたしのお姉《ねえ》さまのとなりのお姫《ひめ》さまは、すごくだらしなくて、お部屋《へや》の全員《ぜんいん》がいつもマイナスのティアラ点《てん》をもらっちゃうんですってよ。それにいびきまでかくんですって！」

あたしは思《おも》わずくすっと笑《わら》ってしまいました。でもアリスのいうことがよくわからなかったの。

「ティアラ点《てん》てなに？」

「すばらしいことなのよ！」アリスは目《め》をキラキラさせていいました。

「五百点《ごひゃくてん》とるとね……とれたらの話《はなし》だけれど……ティアラ・クラブにいれてもらえるの！」

アリスはうっとりするようなため息《いき》をつきました。

「たのしみだわ！　それはそれはすてきなおいわいのパーティがあって、たくさんのプレゼントがいただけて、二年生《にねんせい》になれるのよ！　上級生《じょうきゅうせい》になると、銀《ぎん》の塔《とう》に住《す》めて、とってもすばらしい毎日《まいにち》がすごせるのですって！」

「わぁ！」あたしは思《おも》わずいいました。でも、もし五百点《ごひゃくてん》もらえなかったらどうなるの、と聞《き》こうとしたとき、ドアがバタンと開《あ》いて、あと四人《よにん》の女《おんな》の子《こ》がどやどやはいってきました。四人《よにん》はあたしとアリスを見《み》ると、立《た》ちどまってまっすぐにぴんと立《た》ち、すこしうしろにさがりました。そして一番背《いちばんせ》の高《たか》い、金色《きんいろ》がかった髪《かみ》の、すごーくきれいな子《こ》が、おどろくほどていねいな会釈《えしゃく》をしました。ほとんど床《ゆか》につきそうなほど腰《こし》をかがめたのに、ちっともよろよろしません。

「はじめまして」その子《こ》は、とてもやわらかい、はっきりした声《こえ》でいいました。

「あたくしは、ソフィア。ここにいるのはお友《とも》だちのケティ姫《ひめ》、エミリー姫《ひめ》、デイジー姫《ひめ》よ」

「あたしはアリスです」

アリスがそういって、会釈《えしゃく》をかえしました。アリスもよろよろしません！　ふしぎだわ、あたしは、いつもころんじゃうのに。

ケティ姫《ひめ》があたしにウィンクしました。きらきらのグリーンの目《め》をして、赤《あか》みがかった金髪《きんぱつ》が顔《かお》のまわりにカールしています。

「ソフィアのこと、おどろかなくていいのよ。目立《めだ》つたちなんだから。あんまりきれいすぎて、自《じ》分《ぶん》でもうんざりみたい。でもだいじょうぶ、いい子《こ》よ。それで、あ

なたはだれ？」

「シャーロットです。今《いま》ついたばかりで」あたしはいいました。

ケティがうなずいて、「あたしたちもよ」といい、ちっともお姫《ひめ》さまらしくなく、ベッドにどさんとすわりました。

「あなたたち、今夜《こんや》のダンスパーティのことで興奮《こうふん》してない？　あたしたちはみんなわくわくしてるわ！　あなた、なにきるの？　ド

レスはここにあるの？　ねえ、見《み》せてくださらない？」

　あたしは首《くび》をふりました。

「まだふだんのお洋服《ようふく》しかないわ。ダンスパーティのドレスは、あとから荷馬車《にばしゃ》でくるの」

「あたしのもよ」アリスが口《くち》をはさみました。「お

ばあちゃまが馬車《ばしゃ》にはのせきれないっていって」そういうとアリスはくすっと笑《わら》ったの。

「おばあちゃまと、おじいちゃまがいっしょにきてくださったのだけれど、自分《じぶん》たちはどうしても戴冠式《たいかんしき》のときにきた服《ふく》をきたいのですって。それがかさばったので、あたしの分《ぶん》はちっぽけなスーツケースをのせるだけで、いっぱいだったの」

エミリー姫《ひめ》が笑《わら》いました。エミリーはとてもまじめな子《こ》に見《み》えていたけれど、笑《わら》うとブルーの目《め》が光《ひか》ります。

「わたしたちはみんなソフィアの馬車《ばしゃ》できたの……とっても大《おお》きいのよ！　わたしたちは、大《おお》きな金《きん》のさやにはいったお豆《まめ》みたいにゆすられてきたの、つまり荷物《にもつ》はぜんぶ屋根《やね》につみあげて……」

そこでエミリーの声《こえ》がきゅうに小《ちい》さくなって、顔《かお》が青《あお》ざめました。

「どうしたの、エミリー？」

デイジー姫《ひめ》がたずねました。デイジーは一番小《いちばんちい》さくて、長《なが》い黒髪《くろかみ》で、見《み》たこともないような大《おお》きい茶色《ちゃいろ》の目《め》をしています。デイジーは心配《しんぱい》そうにエミリーの手《て》をそっとたたいていいました。

「どうかした？」

「荷物《にもつ》よ！」エミリーがいいました。

「馬車《ばしゃ》の中《なか》の小《ちい》さいスーツケースは、御者《ぎょしゃ》がはこびこむのを、わたし見《み》たわ。でも外《そと》につんだのは、ひとつもはこばなかった、たしかよ！」

みんなぞっとして、だまりこみました。

ソフィア姫《ひめ》が「ねえ、それってたしかなの？　エミリー？」と聞《き》きました。

ケティが窓《まど》にかけよって外《そと》をのぞきました。

「あ、小《ちい》さいスーツケースが階段《かいだん》につんである」

「で、大《おお》きいトランクは？」

エミリーがふるえる声《こえ》で聞《き》きました。「まさか、あるんでしょうね！」

ケティがあんまりのりだすので、あたしは落《お》ちるので

はないかと心配《しんぱい》になりました。ケティは体《からだ》をひっこめると目《め》をかがやかせていいました。

「いそいで！　馬車《ばしゃ》はまだそこにいる……御者《ぎょしゃ》が玄関《げんかん》の前《まえ》で召使《めしつかい》と話《はな》しているわ。大《おお》きいトランクはまだ屋根《やね》にのったままよ！」

Capter Three

第《だい》3章《しょう》

あたしたちは全員《ぜんいん》、ころがるようにして階段《かいだん》をおりました。お上品《じょうひん》なソフィアまでも。いくつものドアからびっくりした顔《かお》がのぞいたけれど、気《き》にしませんでした。大《おお》きな表玄関《おもてげんかん》からいそいで外《そと》に出《で》ると、ちょうど古《ふる》い馬車《ばしゃ》が、王宮《おうきゅう》の湖《みずうみ》に流《なが》れこむ川《かわ》にかかった橋《はし》をわたって行《い》くのが見《み》えます。

「あたくしたちのダンスパー

ティのドレス！」

ソフィアが息《いき》をのみました。

「わたしたちのティアラが行《い》っちゃった！」

デイジーが泣《な》き声《ごえ》を出《だ》しました。

ソフィアとエミリーとデイジーとケティは、おたがいに顔《かお》を見《み》あわせました。

「あたしたち、今夜《こんや》のウェルカム・ダンスパーティにきるもの、なにもないんだわ！」

ケティがいうと、ほかの三人《さんにん》はわっと泣《な》きだしました。

じまんするわけじゃないけれど、あたしって走《はし》るのがとても早《はや》いの。

ソフィアと、ケティと、エミリーと、デイジーがあんまりかわいそうだったので、あたしは思《おも》わずスカートをたくしあげて、馬車《ばしゃ》にむかって全速力《ぜんそくりょく》で走《はし》りだしました。

「止《と》まって！　止《と》まって！　おねがい、止《と》まって！」

　あたしは馬車《ばしゃ》がごとごと橋《はし》のまん中《なか》にさしかかろうとしたところへ追《お》いつきました。御者《ぎょしゃ》にあたしの声《こえ》が聞《き》こえたのがわかったわ。うしろをふりむいたから。

「もどって！」あたしはきんきん声《ごえ》

でさけびました。

あんまりお姫《ひめ》さまらしくない態度《たいど》なのは、わかっていたけれど、どうしても止《と》めなくちゃと思《おも》ったの。すぐに御者《ぎょしゃ》がたづなをぐいっとひき、馬車《ばしゃ》が大《おお》きくゆれました。

そのとき……反対《はんたい》がわから、たくさん荷物《にもつ》をつんだ荷馬車《にばしゃ》が、がたごと近《ちか》づいてくるのが見《み》えたと思《おも》ったら……

ガチャーン！

馬車《ばしゃ》はゆれ、荷馬車《にばしゃ》はかたむいて、トランクも旅行《りょこう》かばんもスーツケースもひとつのこらずボッシャーンと川《かわ》に落《お》ちてしまいました！

あたしは立《た》ちどまって見《み》つめました。ショックで息《いき》もできないくらいだったわ。

アリス、ケティ、エミリー、デイジー、ソフィアがもうあた

しのそばまで走《はし》ってきていて、みんな川《かわ》を見《み》つめました。あたしたちの大切《たいせつ》なドレスの落《お》ちた場所《ばしょ》をしめすのは、ただ泡《あわ》だけ。

そのとき、うしろから氷《こおり》のように冷《つめ》たい声《こえ》が聞《き》こえました。

「シャーロット姫《ひめ》、すぐに私《わたし》の部屋《へや》へくるのです。アリス姫《ひめ》、デイジー姫《ひめ》、エミリー姫《ひめ》、ケティ姫《ひめ》、ソフィア姫《ひめ》は、お部屋《へや》におもどりなさい。すぐに！」

クイーン・グロリアナ園長《えんちょう》が、あんまりおこった声《こえ》でおっしゃるので、あたしは、おなかがぎりぎりしばりつけられるようなきもちでした。

「はい、園長先生《えんちょうせんせい》」

あたしは小《ちい》さな声《こえ》で答《こた》えて、会釈《えしゃく》をしようとしました。でも、いつもどおりよろよろしてしまったので、ころばないためには、アリスにしがみつくしかありませんでした。

もう、死《し》にたくなっちゃった。

ほんとによ。とくにクイーン・グロリアナ園長《えんちょう》が、ものすごくこわいお顔《かお》であたしを見《み》たあと、くるっとむこうをむいて宮殿《きゅうでん》にかえってしまわれたときは。

アリスは、あたしの手《て》の中《なか》に自分《じぶん》の手《て》をすっといれていいました。

「ねえ、シャーロット、これはちょっとした事故《じこ》よ」

あたしは泣《な》きだしました。それしかなかったの。ケティが反対《はんたい》の手《て》をとってくれました。

「みんないっしょに行《い》くわ」

「そう、行《い》きましょう。あなたはあたくしたちのトランクを救《すく》おうとしたのですもの」

ソフィアがいいました。

エミリーはあたしにハンカチをわたしてくれ、デイジーは、まじめな顔《かお》をしていいました。

「あなたってゆうかん。わたしはあんなふうに走《はし》ったことないわ」

みんながとても親切《しんせつ》なので、あたしも少《すこ》し気《き》がらくになりました。そしてクイーン・グロリアナ園長《えんちょう》のお部屋《へや》につくと、みんなもいっしょにはいるといいました。

クイーン・グロリアナ園長《えんちょう》の前《まえ》で、あたしがぶつぶつ、いいわけを

あなた

はじめると、ソフィアは、馬車《ばしゃ》が行《い》ってしまったから、シャーロットがそれを止《と》めようとしたのですと、まるであたしが英雄《えいゆう》だったみたいに説明《せつめい》しました。

クイーン・グロリアナ園長《えんちょう》は、なにもいわずに聞《き》いていました。とってもおだやかで、堂々《どうどう》としたお顔《かお》。なんとまあ、ばかなことをしたの、と思《おも》っていらっしゃるようだけれど、なにもおっしゃいません。ただソフィアが話《はな》しおえると、両手《りょうて》をデスクの上《うえ》にくんで、

あたしをきっと見《み》つめました。

「シャーロット、あなたはよいお友《とも》だちにめぐまれたようですね。そして今《いま》はもう、きもちもおさまっていることでしょう。ついあのような、はやまったことをしてしまったのですね。今《いま》ごろは荷物《にもつ》も水《みず》からひきあげられたことでしょう。ボーイたちにダンスのドレスは寮母《りょうぼ》のところにもって行《い》くようにいってあります。寮母《りょうぼ》は〈フェアリー寮母《りょうぼ》〉と呼《よ》ばれている妖精《ようせい》ですが、もしゆるしてもらえるなら、今夜《こんや》のダンスパーティに出《で》てよろしい。でもフェアリー寮母《りょうぼ》が出《で》る資格《しかく》はないといったら、はずされます。ほかの友《とも》だちもみんな。それから、これでティアラ点《てん》は五十点《ごじゅってん》のマイナス。さいしょの日《ひ》だというのに、たいへんよくないことですね。シャーロット、これはあなたにとって、忘《わす》れられない教訓《きょうくん》になると思《おも》いますよ。さあ、お行《い》きなさい」

あたしたちは、だまってぞろぞろその部屋《へや》を出《で》ました。あたしがどんなにみじめな気分《きぶん》だったか、とても話《はな》せないわ。お姫《ひめ》さま学園《がくえん》の第一日目《だいいちにちめ》にマイナスのティアラ点《てん》をもらうだけでもよくないのに、もっと悪《わる》いのは、ほかのばつ。

全員《ぜんいん》がウェルカム・ダンスパーティに出《で》られなくなる……それもあたしの失敗《しっぱい》から！

Capter Four

第《だい》4章《しょう》

みんなでろうかを歩《ある》いて行《い》くと、ほかのお姫《ひめ》さまたちの仲間《なかま》が、掲示板《けいじばん》を見《み》ていました。もっと近《ちか》づくと、その子《こ》たちはたがいにささやきあい、一人《ひとり》の鼻《はな》のとがったお姫《ひめ》さまがいいました。

「この子《こ》たちよ、わたしが今《いま》いっていたのは！　困《こま》ったことになっているのよ。もう、マイナス・ティアラ点《てん》をもらったにちがいないわ！」

ほかの子《こ》たちは、くすくす笑《わら》いました。

ソフィアはりっぱでした。それはそれはとりすました顔《かお》をすると、さっさと先《さき》に歩《ある》いて行《い》ったのです。あたしは思《おも》わずくすっと笑《わら》いそうになりました。

「聞《き》こえないふりをなさい！」

ソフィアははっきりした冷《つめ》たい声《こえ》で命令《めいれい》しました。

「お姫《ひめ》さまってものは、いつでも助《たす》けあわなくちゃいけないの。とくに困《こま》ったことがおこったときにはね！」

そしてこの世界《せかい》にはなにも気《き》にすることはない、とでもいうように、すいっと歩《ある》いて行《い》きました。

お姫さま学園 お知らせ
会釈のクラス
木よう日
ウェルカム
ダンスパーティ
は
今夜！
ふわっとした
階段のおり方を
おぼえましょう
ペットにカエル
めずらしい
料理
(放課後)
おまじない
クラブは
火よう日

「あの掲示板《けいじばん》のそばにいたの、フロリーン姫《ひめ》よ」

アリスがあたしの耳《みみ》もとでいいました。

「それから、えらそうににらんでいたのが、パーフェクタ姫《ひめ》。きょねん入学《にゅうがく》したんだけれど、ティアラ・クラブにはいれるだけのティアラ点《てん》がとれなかったもんで、またあたしたちといっしょに一年生《いちねんせい》やっているの。うちのお姉《ねえ》さまが、すごーくやな子《こ》だっていってた」

「そうなの！」あたしはそういってからふと気《き》づきました。エミリーとデイジーがいっしょうけんめい鼻《はな》をかんでいるのです。あたしには二人《ふたり》が泣《な》くまいとしているのがわかりました。それで決心《けっしん》したの。フェアリー寮母《りょうぼ》さまに、この新《あた》しい友《とも》だちをダンスパーティに行《い》かせてくださいってたのもうと。たとえあたしは行《い》かれなくても。もしもそのことで……考《かんが》えただけでおなかがびくびく……もっとマイナスのティアラ点《てん》をつけますよ、といわれるにしても。

アリスが寮母《りょうぼ》さまの部屋《へや》へ行《い》く道《みち》を知《し》っていたので、みんなはじきに大《おお》きなドアの前《まえ》につきました。するとドアにこう書《か》いてありました。

フェアリー寮母《りょうぼ》
—お姫《ひめ》さま学園《がくえん》の寮母《りょうぼ》—
カエル、ヒキガエル、クモはおことわり。
ドラゴンに頭痛薬《ずつうやく》は出《だ》しません。

あたしは息《いき》を大《おお》きくすいこんでノックしました。

「おはいりなさい！」

大《おお》きい声《こえ》がひびいてきました。あたしはおそるおそるドアを開《あ》けて中《なか》をのぞきました。

フェアリー寮母《りょうぼ》さまって、ものすごく大《おお》きい人《ひと》！　フェアリーって妖精《ようせい》なのに、とんでもなく大《おお》きい赤《あか》い顔《かお》をしていて、髪《かみ》がつんつん立《た》っていて、ショールとか、スカーフとか、ひらひらビラビラしたものをありったけきています。うしろでは大《おお》きなまきがパチパチもえていて、ほのおがごうごう煙突《えんとつ》の中《なか》へとあがっていました。

部屋《へや》はまわりじゅうにたながあって、ビンとかおなべ、つぼ、ハーブかしら、へんな形《かたち》の草《くさ》のたばがのっています。見《み》たこともない大《おお》きなブチねこが一《いっ》ぴき、ひじかけいすに丸《まる》くなっていますす。なんだかとってもも気味悪《きみわる》くて、ちょっとこわかったわ。

そのとき、あたしは、自分《じぶん》たちのダンス用《よう》ドレスを見《み》つけました。長《なが》い棒《ぼう》にかかっていて、それはそれはきたないのです。草《くさ》やどろがくっついて、じゅうたんにぼたぼた水《みず》がたれています。レースはやぶれ、毛皮《けがわ》はぐっしょり……そし

て、ずたずたにやぶれたペチコートの山《やま》の上《うえ》には、黄色《きいろ》っぽい星《ほし》がうずをまいています。

ソフィアが小《ちい》さな泣《な》き声《こえ》をあげました。ほかの子《こ》たちはあっと息《いき》をのんだまま。

一番《いちばん》いやだったのは、アリスがあたしの手《て》をはなして、ケティの腕《うで》にしがみついたこと。

「あたしのすてきなドレスが！」

アリスは苦《くる》しそうにいいまし

た。

「ほーら」

フェアリー寮母《りょうぼ》さまがまっすぐあたしを見《み》ました。

「このとりかえしのつかないことをしたのは、あなたですね！　なんというつもり？」

あたしはごくっと、つばをのみました。

「たしかにあたしのまちがいでした」

あたしは小《ちい》さい声《こえ》でいいました。

「こんなことになるなんて。あたしはただ馬車《ばしゃ》を追《お》いかけたのです……でも御者《ぎょしゃ》がふりむいたので、がたんとゆれて……」

まさにそのとき、大《おお》きな火花《ひばな》がだんろからとびました。そしてあついウールのじゅうたんの上《うえ》に落《お》ちたかと思《おも》うと、オレンジ色《いろ》のほのおが、しゅーっと空中《くうちゅう》にまいあがりました。

Capter Five

第《だい》5章《しょう》

だれもかれもひめいをあげました。デイジーはドアのほうへかけだしています。あたしは、おどろいてあごがはずれそう。でも、しなくてはならないことがわかりました。あたしはかけてある棒《ぼう》から、自分《じぶん》のぬれた服《ふく》をひったくって、ほのおにかぶせ、ふみつけました。

絹《きぬ》のもえるいやなにおいがしたけれど、火《ひ》は消《き》えました。

あたしはかべによりかかって、はあはあ……するとフェアリー寮母《りょうぼ》さまが笑《わら》っているのが見《み》えました！

「よくやりましたね、シャーロット姫《ひめ》」寮母《りょうぼ》さまの声《こえ》は前《まえ》よりずっとやさしくなっていました。寮母《りょうぼ》さまはみんなをふりかえっていいました。

「むこうみずな行動《こうどう》も、ときには役《やく》にたつものです。今《いま》、シャーロット姫《ひめ》は私《わたし》のじゅうたんを救《すく》いました。ねがいごとをする資格《しかく》ができましたね。さあ、なにをおねがいしたい？」

そしてあの大《おお》きい赤《あか》い顔《かお》がきゅうにびっくりするほど、やさしそうになりました。

もちろんあたしは、アリスと、デイジーと、エミリーと、ケティと、ソフィアに、もとどおりのきれいなドレスをかえしてあげたいとねがいました。

「よくできました」フェアリー寮母《りょうぼ》さまはにっこりして、ふとい指《ゆび》をぱちんとならしました。

あなたは、きらきらするピンクのちりって見《み》たことある？

妖精《ようせい》のちりよ。すばらしくきれいなの。

ちりは空中《くうちゅう》にただよって、イチゴのかおりをはなち、みんなの鼻《はな》にすいっとはいっていって、くしゃみをさせました！

そしてみんなのくしゃみがおわったところで見《み》ると、あの棒《ぼう》にはきれいな、きれいなドレスがサテンのハンガーにかかってならんでいました。どれも新品《しんぴん》のときよりもきれいなくらい！　しかも上《うえ》には、ぴかぴかのティアラがず

らっとうかんでいます。
「うわぁぁぁ！」デイジーが息《いき》をのんでいいました。
「わお！」ケティとエミリーは声《こえ》をそろえていいました。
「わお！」
「すばらしいことね」ソフィアがため息《いき》まじりにいいました。
アリスは、またあたしの手《て》の中《なか》に、自分《じぶん》の手《て》をすべりこませました。

「ありがとう！」見《み》るとアリスの目《め》は星《ほし》のようにかがやいています。

「あなたって、ほんとうのお友《とも》だち！」

「ありがとうございました、フェアリー寮母《りょうぼ》さま」

あたしはいいました。もうしあわせで、しあわせで、体《からだ》がうかびそうだったわ。

けれどそのとき、あたしは自分《じぶん》のみじめな、ぬれた黒《くろ》いドレスが、まだじゅうたんのきたない水《みず》たまりの中《なか》にあるのを見《み》ました。おなかがぐるぐるっとまわる気分《きぶん》だったけれど、ふかく息《いき》をすいこみました。

だって、これはやっぱりあたしの失敗《しっぱい》だったのよね。あたしのすてきな新《あたら》しい友《とも》だちは、きっとあとでウェルカム・ダンスパーティのことを話《はな》してくれるでしょう……でも、次《つぎ》になにかいうためには、のどの大《おお》きなかたまりを、ひっしでおさえつけなくてはなりませんでした。

「これは自分《じぶん》でかたづけます」

あたしはそういうと、しゃがんでドレスをひろいはじめました。

すると、アリスがぱっととなりによってきました。

「あたし、もうひとつ、べつのドレスもっているの、おねがい、それをきて！　おねがいよ！」

あたしは、おなかの中《なか》に小《ちい》さな希望《きぼう》がゆれるのを感《かん》

じて、フェアリー寮母《りょうぼ》さまを見《み》ました。でも寮母《りょうぼ》さまは、あたしを見《み》かえして、考《かんが》えこむように、あごをさすっています。

「おねがいです、寮母《りょうぼ》さま、シャーロットをダンスに行《い》かせてください」

ソフィアがいつものすばらしい会釈《えしゃく》を寮母《りょうぼ》さまにしていいました。デイジーと、エミリーと、ケティも同《おな》じように会釈《えしゃく》しました。

「おねがいです。おねがいします」

みんなが声《こえ》をそろえていいました。

「シャーロットがいなくては、たのしくありません」

デイジーはそのあとつけたしました。

「わたしたち一番《いちばん》の仲《なか》よしなんです！」

「そうなんです！」

アリスは会釈《えしゃく》こそしないけれど、

かわいいティアラを高《たか》くかかげて、くるっとまわりました。

「ここで、バラのお部屋《へや》の子《こ》どもたちは永遠《えいえん》に仲《なか》よしであることを宣言《せんげん》します！」

アリスがそういったので、あたしはだきしめたくなりました。だってあたしはこれまでいつも一人《ひとり》ぼっちだったから、お姫《ひめ》さま学園《がくえん》にはいったら、どうしても仲《なか》よしのお友《とも》だちがほしいと思《おも》っていたの……それが今《いま》できたってことでしょ！　まだ第一日目《だいいちにちめ》だっていうのに、あたしはいろんなものをだめにして……それなのに、とてもだいじな仲間《なかま》にくわえてもらえたのです。見《み》るとケティの目《め》がきらきら、ソフィアもにっこり、そしてエミリーとデイジーは、そうよ、そうよ、というように、夢中《むちゅう》で首《くび》をふっています！

フェアリー寮母《りょうぼ》さまもくすっと笑《わら》って、「いいでしょう」って。

「バラのお部屋《へや》は、全《ぜん》員《いん》、ダンスに行《い》ってよろしい。ただシャーロット姫《ひめ》は、自分《じぶん》のドレスをきたほうがいいのではありませんか？」

そしてあたしの手《て》からドレスをとりました。

また妖精《ようせい》のちりが、きらきらと空中《くうちゅう》にまって……あたしの腕《うで》の中《なか》に、それはそれはきれいなドレスがありました。あたしは目《め》をうたがいました。前《まえ》と同《おな》じやわらかいピンク色《いろ》、ふわふわのペチコート。

でも今《いま》はその上《うえ》に妖精《ようせい》の魔法《まほう》のちりがきらきら

光《ひか》っています。まさしくあたしがこれまで夢見《ゆめみ》ていたような。

「もうひとつ、」フェアリー寮母《りょうぼ》さまは、あたしたちにドアを開《あ》けてくれながらいいました。

「あなたたちのだれにもマイナスのティアラ点《てん》はあげません。それどころか……」

寮母《りょうぼ》さまはそこで目《め》をかがやかせていいました。

「それぞれに二十点《にじゅってん》のプラスのティアラ点《てん》をあげましょう！　ほんとう

の友情《ゆうじょう》に二十点《にじゅってん》！」

あたしたちはおれいをいおうとしましたが、寮母《りょうぼ》さまは手《て》でさえぎりました。

「早《はや》く、早《はや》く、早《はや》く！　私《わたし》たちもパーティの用意《ようい》がありますからね！」

そういってあたしたちを追《お》いだしました。

でも出《で》ていこうとしたとき、あたしはじゅうたんがちっともよごれていないのに気《き》づきました。こげたあとも、これっぽっちのよごれもありません。

フェアリー寮母《りょうぼ》さまは、あたしが見《み》ているのを知《し》って、ウィンクをしながらドアをぴしゃりと閉《し》めました。

Capter Six

第《だい》6章《しょう》

ウェルカム・ダンスパーティは、ほんとうにはなやかでりっぱだったわ。前《まえ》にホールの天井《てんじょう》が、夜《よる》の空《そら》のようにきれいな暗《くら》いブルーだっていったことあるわよね？　そして星《ほし》がいっぱいまたたいているっていったでしょ？　そう、いろいろおどろくことがあったわ。

まず新入生《しんにゅうせい》は一番《いちばん》あとからはいるようにいわれました。フェアリー寮母《りょうぼ》さまが、それが学園《がくえん》のしきたりだっていって。あたしたちバラのお部屋《へや》の子《こ》たちは、みんなかたまっていて、さいごにはいって行《い》こうとしていました。みんなドキドキしてまちました。

やがて金色《きんいろ》のドアをぬけてすっとはいって行《い》くと（だれもころばなかったなんて、信《しん》じられる？）、クイーン・グ

ロリアナ園長《えんちょう》が金《きん》ぴかの王座《おうざ》のそばに立《た》って、あたしたちをむかえてくださいました。あたしたちが一人《ひとり》一人《ひとり》、ふかぶかと会釈《えしゃく》をすると、（あたしもよろよろしないでできたの！）クイーン・グロリアナ園長《えんちょう》はにっこりしていいました。

「お姫《ひめ》さま学園《がくえん》によくきてくださいましたね、みなさん」

そしてとなりに立《た》っているフェアリー寮母《りょうぼ》さまにうなずくと、寮母《りょうぼ》さまが杖《つえ》をふりました。

すると青《あお》くて暗《くら》い天井《てんじょう》に六《ろっ》この新《あたら》しい星《ほし》がきらきらまたたきました。もし、じまんしてるように聞《き》こえたらごめんね。でもその六《ろっ》この星《ほし》は、ほかのどの星《ほし》より大《おお》きくて、きれいに光《ひか》っているように見《み》えたわ！

音楽《おんがく》があたしたちをささうように流《なが》れ、すてきなダンスドレス（みんなピンクだったなんて信《しん》じられる？）をきたあたしたちは、時計《とけい》がま夜中《よなか》を知《し》らせるまで、休《やす》まずにおどりつづけました。

ほんとうに、すばらしかった！

アリス、デイジー、エミリー、ケティ、ソフィア、そしてあたしは、ひとばんじゅう、くすくす笑《わら》ったり、しゃべったり、またとない夜《よる》をすごしました。

バラの部屋

夜《よる》おそく、フェアリー寮母《りょうぼ》さまがどたどた階段《かいだん》をあがって、あたしたちがあかりを消《け》しわすれてないかしらべにきました。

「おやすみ、バラのお部屋《へや》の子《こ》どもたち」

そういうと寮母《りょうぼ》さまは、またどたどた階段《かいだん》をおりていきました。

あたしたちは、みんな冷《つめ》たい白《しろ》いシーツにもぐりこみました。あたしは、このお姫《ひめ》さま学園《がくえん》にはいれて、なんてしあわせだろうって思《おも》いました。

そしてこっそり自分《じぶん》にやくそくしたの。いっしょけんめいがんばって、いつかきっとティアラ・クラブにはいろうって。ここのお友《とも》だちといっしょに……そしてあなたともね。

次回《じかい》のお話《はなし》は……

「ケティ姫《ひめ》と銀《ぎん》の小馬《こうま》」

こんにちは！　お会《あ》いできてうれしい！　あなたがきてくださって、みんな大《おお》よろこびよ。

あら、あたしってばか！　あなたはその「みんな」って、だれだか知《し》らないかもしれないのにね！

みんなっていうのは、ケティ姫《ひめ》（あたしよ）、シャーロット姫《ひめ》、エミリー姫《ひめ》、アリス姫《ひめ》、デイジー姫《ひめ》、ソフィア姫《ひめ》の六人《ろくにん》で、お姫《ひめ》さま学園《がくえん》のバラのお部屋《へや》にいっしょにいるの。そしていまに、ものすごーくすてきなティアラ・クラブに入《はい》るつもり。もちろん、それだけのティアラ点《てん》がとれなきゃ、だめだけどね。

ねえ、パーティのあとで、つかれたことない？　そう、あたしたちは、この学園《がくえん》のすばらしいウェルカム・ダンスパーティに出《で》たの。そのあとはつかれちゃって、何日《なんにち》か朝《あさ》おきられないくらいだったわ。

……また次《つぎ》のお話《はなし》でお会《あ》いしましょうね！

著者

ヴィヴィアン・フレンチ
Vivian French

英国の作家。イングランド南西部ブリストルとスコットランドのエディンバラに愛猫ルイスと住む。子どものころは長距離大型トラックの運転手になりたかったが、4人の娘を育てる間20年以上も子どもの学校、コミュニティ・センター、劇場などで読み聞かせや脚本、劇作にたずさわった。作家として最初の本が出たのは1990年、以来たくさんの作品を書いている。

訳者

岡本 浜江
おかもと・はまえ

東京に生まれる。東京女子大学卒業後、共同通信記者生活を経て、翻訳家に。「修道士カドフェル・シリーズ」（光文社）など大人向け作品の他、「ガラスの家族」（偕成社）、「星をまく人」（ポプラ社）「両親をしつけよう！」（文研出版）、「うら庭のエンジェル」シリーズ（朔北社）など子供向け訳書多数。第42回児童文化功労賞受賞、日本児童文芸家協会顧問、JBBY会員。

画家

サラ・ギブ
Sarah Gibb

英国ロンドン在住の若手イラストレーター。外科医の娘でバレーダンサーにあこがれたが、劇場への興味が仕事で花開き、ファッションとインテリアに凝ったイラスト作品が認められるようになった。ユーモア感覚も持ち味。夫はデザイン・コンサルタント。作品に、しかけ絵本「ちいさなバレリーナ」「けっこんしきのしょうたいじょう」（大日本絵画）がある。

ティアラクラブ①
シャーロット姫《ひめ》とウェルカム・ダンスパーティ

2007年6月15日　第1刷発行
著/ヴィヴィアン・フレンチ
訳/岡本浜江　translation © 2007 Hamae Okamoto
絵/サラ・ギブ

装丁、本文デザイン/カワイユキ
発行人/宮本功
発行所/朔北社《さくほくしゃ》
〒101-0065　東京都千代田区西神田2-4-1東方学会本館31号
tel. 03-3263-0122 fax. 03-3263-0156
http://www.sakuhokusha.co.jp
振替 00140-4-567316

印刷・製本/中央精版印刷株式会社
落丁・乱丁本はお取りかえします。
80ページ　130mm×188mm
Printed in Japan ISBN978-4-86085-053-1 C8397